Bigfoot
La légende derrière le mythe

Michael J. Egbert

ISBN imprimé : 979-8-3303-6834-1

Ce livre est dédié à mes enfants. Puissiez-vous toujours voir le monde tel qu'il peut être.

Chaque créature a une histoire à raconter. Cependant, certains pensent que ces histoires ne valent pas la peine d'être écoutées. Il s'agit d'une anomalie regrettable qui se trouve dans le cerveau humain. Elle se produit lorsqu'une personne croit qu'une autre ne mérite pas qu'on lui consacre du temps. Malheureusement, pour ces pauvres âmes, ces histoires valent moins que le papier sur lequel elles sont écrites.

Certains pourraient considérer cette histoire comme un exemple de ce type de récit. Pour eux, feuilleter ces pages serait un exercice futile. Pourtant, aucune histoire ne pourrait être plus intéressante que celle concernant la créature connue sous le nom de Bigfoot.

Comme la plupart des créatures mythiques, Bigfoot est mal compris. On l'a qualifié de monstre ou même de fiction. Certains disent qu'il est un cousin éloigné du Yéti de l'Himalaya, mais ce ne sont ni sa taille ni sa force qui rendent son histoire fascinante. Pour la plupart, son existence déroute tout raisonnement, mais comme pour toute créature mal comprise, ses origines n'ont pu être expliquées jusqu'à présent.

À la surprise de la plupart, la créature connue sous le nom de Bigfoot n'a pas toujours été un Bigfoot. À l'origine, c'était un homme et, comme la plupart des humains, il portait un nom. Avant de recevoir son appellation de Bigfoot, la créature était autrefois connue sous le nom de Quincy Pendergast.

Ce jeune homme était originaire des rives orientales du puissant Mississippi. La ferme de sa famille était située au sud de la rivière Rock, là où elle rejoint le puissant fleuve dans son trajet vers le sud en direction du Bayou. Il a passé son enfance à travailler dans les champs de la ferme familiale de 200 hectares. Parmi les nombreuses cultures cultivées par les Pendergast, ce sont leurs remarquables cultures de radis qui leur ont valu le plus de reconnaissance.

Pour Quincy, cueillir des radis n'a jamais été une option. Entre leur texture et le surplus de plats à base de radis qu'il a digéré au fil des ans, Quincy a cherché toute occasion qui l'éloignerait de la ferme familiale. Sa volonté de partir n'était pas uniquement motivée par son dédain pour la surconsommation de radis, mais aussi par le fait qu'il s'était lassé de ses quatre frères aînés.

Étant le plus jeune d'une famille de cinq enfants, Quincy a été victime de harcèlement toute sa vie. Malheureusement pour lui, il est devenu assez petit, même pour son âge. À dix-huit ans, on le prenait souvent pour un enfant de treize ans plutôt que pour le jeune homme qu'il était.

En raison de cet inconvénient, Quincy a été contraint de regarder ses quatre frères aînés plutôt que de découvrir ce qui l'attendait. Comme c'est le cas de toute personne surprise à détourner le regard des obstacles qui se dressent devant elle, Quincy a été exposé aux choses mêmes qui le feraient trébucher. Malheureusement, sa mère n'était pas une source de réconfort. Elle évoquait souvent ses défauts en rappelant à Quincy son désir de le voir ressembler davantage à ses frères.

C'était une vie solitaire. Quincy semblait échouer dans tout ce qu'il entreprenait. Ce qui aggravait les choses, c'est que sa famille commençait à ne plus avoir d'attentes envers lui. Ils le considéraient comme quelqu'un qui n'arriverait jamais à rien. Parfois, les quatre frères se disputaient pour savoir qui serait chargé de s'occuper de lui. Chacun d'eux pensait que Quincy aurait besoin de leur aide pour le reste de sa vie.

Tandis que ses quatre frères se débattaient avec cette réalité imminente, leur ressentiment à son égard grandissait. Chaque jour, ses frères avaient de nouvelles occasions de se moquer de lui et de le tourmenter. Quincy ne se souvenait pas de la dernière fois où il avait trouvé du réconfort dans la ferme familiale. Il pensait que ses jours là-bas étaient comptés.

Pour Quincy, il n'y avait aucune possibilité de continuer à vivre de cette façon. Six mois après son dix-huitième anniversaire, Quincy a décidé de quitter la ferme familiale et de faire ses preuves en tant qu'homme. Cependant, il serait plus juste de dire : « Il est parti pour faire ses preuves auprès de sa famille. »

Le problème, lorsqu'on entreprend une telle tâche, c'est qu'il n'y a pas beaucoup de moyens de prouver sa valeur en tant qu'homme. Quincy se dirigea vers l'est, en direction de la grande ville de Chicago, dans l'espoir de trouver un emploi qui répondrait à ses besoins. Avant de descendre du train, Quincy comprit qu'il avait peu de chances de trouver un tel emploi, ou tout autre emploi d'ailleurs. C'était l'époque de la Grande Dépression et pour un jeune de dix-huit ans, les problèmes du monde semblaient lointains. Ces problèmes semblaient petits et insignifiants à Quincy, du moins jusqu'à ce qu'ils deviennent les siens.

À Chicago, il passait tous ses jours devant le bureau de poste dans l'espoir de trouver du travail. Sur le côté du bâtiment était accroché un panneau d'affichage qui permettait aux entreprises d'afficher les offres d'emploi disponibles. Après avoir passé une semaine dans la ville, Quincy commença à comprendre son erreur dans cette décision.

Le jour où il était sur le point de rentrer chez lui, un panneau apparut qui attira son attention. Depuis son arrivée à Chicago, Quincy s'était habitué au rituel des hommes qui acclamaient chaque affectation. La raison de cette routine s'est développée au fil du temps et est le résultat de la familiarisation des hommes entre eux. Leur connaissance mutuelle leur a permis de savoir qui était le plus apte à occuper l'affectation du jour. Un chœur d'acclamations accompagnait chaque vainqueur potentiel lorsqu'il quittait ses camarades, mais pas ce matin.

Ce matin, les réactions ont été différentes. Au lieu de s'enthousiasmer, la foule a commencé à murmurer à propos de l'affichage du matin. Alors qu'il s'approchait du tableau, Quincy a entendu quelques-uns d'entre eux s'exclamer : « Quel culot de ce type ! »

Curieux, Quincy a voulu savoir pourquoi il y avait tant de bruit. Il a découvert que le panneau d'affichage annonçait un emploi dans les montagnes Cascade. En examinant de plus près l'affiche, il est tombé sur la phrase « Bûcherons recherchés ». Sous ces mots en gras se trouvait une autre phrase qui disait : « Les vrais hommes savent manier la hache !

Quincy se dit : « C'est ça ! » Les mots sur cette affiche illuminaient l'âme de Quincy. Il savait qu'en faisant ses preuves en tant que bûcheron, ses frères devraient l'accepter. Ils ne se moqueraient pas de lui lorsqu'il montrerait à quel point il était habile avec cet outil. Il se dit : « Si je peux abattre un arbre, je sais que je peux leur tenir tête. »

Dès qu'il le put, Quincy quitta Chicago et se dirigea vers les Cascades. Lors de son voyage vers l'ouest, Quincy sortait régulièrement sa hache pour s'entraîner à ses coups. Chaque soir, il se portait volontaire pour couper du bois pour le feu. Lorsqu'il atteignit le camp de base près du mont Bachelor, Quincy était certain de pouvoir surpasser n'importe quel bûcheron de la montagne.

Malheureusement, aucun effort physique ne l'aiderait à surmonter sa stature. Il paraissait toujours plus jeune que tous les autres jeunes de dix-huit ans sur la montagne. Une fois sorti du camion, Quincy comprit que le tourment que lui infligeaient ses frères ne les concernait pas exclusivement. Il n'y avait aucun moyen de se soustraire à cette vérité une fois que le contremaître posait les yeux sur lui. Quincy pouvait voir que son rêve récemment acquis de devenir bûcheron était désormais en danger.

Le contremaître, un homme d'une cinquantaine d'années, regarda Quincy. Il n'y avait pas la moindre hésitation dans son attitude. La première réaction du contremaître en voyant Quincy fut de rire et c'est ce qu'il fit. Il hurla du fond de son ventre et se secoua si fort qu'il dut se stabiliser en saisissant son genou gauche. Il cessa de rire suffisamment longtemps pour s'exclamer : « Mon fils, je ne peux rien faire avec toi. Certains de mes hommes ont des jambes plus grosses que toi ! »

« S'il vous plaît, monsieur, je sais que je peux le faire », supplia Quincy, « donnez-moi une chance. »

Le désespoir qui se dégageait de la supplication de Quincy permit au contremaître d'avoir pitié de lui. Il n'avait jamais vu quelqu'un d'aussi lugubre que Quincy à ce moment-là. Au lieu de le congédier, le contremaître accepta de l'embaucher à une condition. Il expliqua : « Mon fils, je ne peux pas te mettre dans ces arbres avec une hache. De plus, nous allons probablement acheter une de ces nouvelles scies dont tout le monde parle. Je n'en ai jamais vu, mais j'ai entendu dire qu'elles sont assez lourdes. Si je te mets dans un arbre, tu risques de tuer quelqu'un. Mais laisse-lui le temps. Si tu travailles assez dur autour du camp, je verrai si je peux te trouver une place au sommet. »

En entendant cette offre, Quincy changea d'attitude. Son attitude solennelle avait disparu et avait été remplacée par un zèle juvénile. Son humeur avait tellement changé qu'il se mit à agiter frénétiquement les poings en l'air. Sans hésitation, il fit le tour du camp en accomplissant toutes les tâches qui lui étaient assignées.

Ses tâches consistaient à aiguiser les outils, à balayer les dortoirs et à ramasser tous les déchets du camp. De plus, après chaque repas, il devait aider le cuisinier du camp à nettoyer le réfectoire. Bien qu'il détestait ce travail, Quincy pensait que cela en valait la peine. Chaque fois qu'il en doutait, il se répétait simplement : « Quoi qu'il en coûte pour manier une hache. »

Malheureusement, travailler dur ne suffisait pas pour Quincy. Il a vite appris une dure vérité de la vie : « les gens ne voient que ce que leurs yeux leur permettent de voir ». Cette limitation est un autre défi auquel chaque personne est confrontée lorsqu'elle doit surmonter ses préjugés. Pour Quincy, il n'a jamais pu échapper à sa taille, les autres au camp ne le lui ont pas permis.

Au premier abord, les collègues de Quincy le méprisaient. Leur attitude évolua ensuite vers l'agacement en le regardant travailler sans relâche dans le camp. Finalement, ils s'amusèrent. Les autres bûcherons prirent sur eux de lui rendre la tâche aussi difficile que possible. Ils s'amusèrent à le voir rétrécir de jour en jour à mesure qu'ils lui causaient davantage de problèmes dans le camp.

Quelques privilégiés ont fait tout leur possible pour rendre le camp plus sale que d'habitude. Cet acte horrible a été commis pour s'offrir quelques rires pendant la journée. Ils ont même fait des efforts plus affreux encore en exécutant des tours horribles aux dépens de Quincy. Ils n'ont jamais laissé passer une occasion de verser de la graisse sur son manche à balai ou de fourrer des cailloux dans ses chaussures.

Malgré ce tourment, Quincy a fait de son mieux pour maîtriser ses émotions. Cependant, à chaque fois que l'équipe gravissait la montagne, il se surprenait à resserrer sa prise sur le manche du balai. À la nuit tombée, Quincy pouvait sentir à quel point son énergie était épuisée. Plutôt que d'abandonner, il a compris les conséquences de son retour à la ferme familiale. Cette réalité imminente est la seule chose qui le maintenait engagé dans ses tâches.

Malheureusement, l'équipage a trouvé la seule chose qui pourrait briser son moral. Dans le passé, ses frères lui avaient attribué un surnom terrible et, d'une manière ou d'une autre, ce nom s'est retrouvé dans le camp. Quincy pensait que le surnom « Incy Quincy » se comportait plus comme une sangsue possédant une intention prédatrice plutôt que comme une phrase moqueuse.

Quincy en avait assez. Il voulait croire que le contremaître lui donnerait sa chance, mais la plupart du temps, il ne le remarquait pas. Il comprenait que la seule façon d'avancer était de prendre sa hache et d'abattre l'arbre le plus haut qu'il pourrait trouver. Ensuite, le contremaître devrait le remarquer.

La nuit tombée, Quincy élabora son plan d'action et parcourut le camp pour dérober tout ce dont il avait besoin pour le lendemain matin. Il conclut qu'il était essentiel pour lui de partir suffisamment tôt, afin d'éviter que quiconque ne le voie. S'il était repéré, ils pourraient essayer de l'arrêter.

Le lendemain matin, Quincy prit ses affaires et sortit furtivement du camp. Depuis son embauche, Quincy avait entendu quelques hommes parler d'un arbre monstrueux près de la crête de la montagne. Certains hommes avaient prétendument essayé de l'abattre, mais l'écorce était si épaisse qu'elle avait fendu leurs haches en deux. La nouvelle s'est répandue et il a été déterminé que l'emplacement de l'arbre rendait difficile le déplacement de toute partie de sa structure, ce qui a conduit le contremaître à la conclusion de laisser l'arbre en place.

Avant de partir, Quincy se rappela cette histoire et décida que c'était le seul arbre pour lui. S'il voulait un jour obtenir le respect dont il avait besoin, il lui faudrait un arbre comme celui-là. Il baissa sa casquette et partit à la recherche de ce mastodonte.

A chaque pas dans la montagne, Quincy prenait conscience de l'air. Tous les trente mètres qu'il parcourait, il faisait plus clair et plus frais. L'ascension lui brûlait les poumons. Quincy semblait avoir du mal à respirer.

Alors qu'il tentait de recueillir le plus d'air possible, Quincy ne parvint pas à prendre en compte l'effet de l'air sur ses joues. Des callosités se formèrent sur sa peau, resserrant la zone autour de ses pommettes. De plus, l'air glacial trouva le moyen de fissurer sa lèvre inférieure. Ce n'est que lorsque le soleil apparut au-dessus du bord de la montagne que son expression cirée disparut, lui permettant de retrouver la pleine mobilité de son visage.

Heureusement, une fois le soleil percé dans le ciel, Quincy l'a trouvé ! À une centaine de mètres de là, dans la clairière, se trouvait le plus grand arbre qu'il ait jamais vu. Il se dépêcha aussi vite que ses jambes le lui permettaient.

Une fois arrivé au pied de cet arbre, il n'en croyait pas ses yeux, il s'étendait jusqu'au ciel. C'était comme si l'arbre était le seul être capable d'égaler la montagne en taille.

En marchant autour de sa base, Quincy avait du mal à rendre compte de ses pas. Il trébucha plusieurs fois sur les racines tendues. Le fait qu'il détourna les yeux de l'endroit où il allait ne l'aida pas, distrait par la taille de l'ennemi qui restait immobile devant lui.

Après avoir fait quelques tours autour de sa base, Quincy essaya de compter le nombre de pas qu'il avait fait en faisant le tour du tronc. Il perdit le compte au bout de cinquante pas. Au lieu de perdre plus de temps à mesurer sa base, Quincy se concentra sur la localisation d'une branche qui l'aiderait à escalader cet arbre. La branche la plus basse qu'il trouva était toujours à un mètre de sa portée.

Refusant d'abandonner, Quincy saisit plusieurs pierres. Après les avoir empilées les unes sur les autres, Quincy parvint au sommet de sa montagne improvisée, mais il lui manquait toujours la branche. Il lui semblait que quoi qu'il fasse, il ne parviendrait pas à l'atteindre.

À ce moment-là, une brise fraîche souffla dans les branches. Quincy était sûr que le bruit provenant des aiguilles bruissantes était celui d'un rire. C'était comme si l'arbre se réjouissait de son échec. Le vent souffla à nouveau dans l'arbre, provoquant le même bruit. Cette fois, Quincy entendit ses frères se moquer de lui une fois de plus.

Bien que furieux, son corps était épuisé. Entre son ascension de la montagne et son dernier échec à atteindre l'arbre, le corps de Quincy semblait abandonner. Il s'assit sur l'une des racines et sanglota pendant un moment.

Quand ses larmes se furent taries, Quincy conclut : « Peut-être que tout le monde a raison, je suis « Incy Quincy » ». Il se glissa à nouveau dans l'arbre, espérant qu'il l'envelopperait d'une manière ou d'une autre dans son cadre. Il savait que ses chances de faire ses preuves s'éloignaient et qu'il ne pouvait rien y faire.

C'est à ce moment-là, entre deux accès de colère, que Quincy aperçut une lumière clignotant sous lui. Au début, il n'y prêta aucune attention. Au lieu de rechercher la source de cette lumière, il choisit de se concentrer sur sa douleur. Une fois encore, un seul éclair brisa sa concentration. Plutôt que d'ignorer le scintillement, Quincy tenta de repérer d'où il venait.

Après avoir nettoyé ses yeux de toutes les larmes qui pouvaient rester, Quincy tourna son attention vers une prairie située sous l'arbre. En plissant les yeux, il pensa : « Ce doit être un étang ou quelque chose comme ça. »

Au lieu de se laisser aller à la pitié, Quincy pensa qu'il valait mieux chercher la source de cette lumière. À sa grande surprise, il ne s'agissait pas d'un étang ou d'un morceau de métal dans la clairière. Non, c'était une fleur ! Une seule fleur dorée.

Quincy ne prêta pas beaucoup d'attention à la fleur, son attention resta concentrée sur cet arbre. Cependant, alors qu'il s'éloignait de son tronc, il y avait quelque chose dans la fleur qui retenait son attention.

En s'approchant, Quincy put voir que les pétales de la fleur étaient imprégnés de couleurs rouge, orange et jaune. Ce qui lui donnait l'aspect le plus unique qu'il ait jamais vu.

Abasourdi par sa présence, Quincy regarda s'il y avait d'autres fleurs semblables. Étrangement, non seulement il n'y avait aucune fleur semblable, mais il n'y avait aucune fleur d'aucune sorte autour. D'une manière ou d'une autre, cette fleur était restée isolée et seule, au sommet de cette chaîne de montagnes. Pour Quincy, il semblait improbable que cette fleur ou une autre ait pu survivre dans ce climat glacial, et pourtant elle était là. Quincy devait voir ce qui rendait cette fleur si spéciale.

Il se pencha et inspecta la fleur d'un bout à l'autre de la pédale. À première vue, la fleur ne semblait pas spéciale. À part les couleurs intenses et l'isolement, rien ne semblait différent.

Voulant en savoir plus, Quincy se pencha plus près, sentant la fleur. Son parfum dégageait une odeur splendide qu'il ne parvenait pas à reconnaître. L'odeur était si particulière qu'il renifla autant que son nez le pouvait. Une chose amusante se produisit, Quincy inhala tellement qu'un paquet de pollen s'envola dans son nez, le faisant éternuer.

Alors qu'il éternuait, une petite fée apparut devant lui, choisissant de s'asseoir sur l'une des pédales. Bien que la fée ne fût pas plus grande que son pouce, Quincy pouvait distinguer certaines choses de cette silhouette. Ses cheveux étaient d'une nuance auburn, ce qui semblait capter la lumière du soleil, ce qui rendait difficile de se concentrer sur sa localisation. Bien que de petite taille, sa silhouette ressemblait à celle de sa mère.

Déconcerté par la vue de la fée, Quincy resta assis et regarda fixement. Ce fut la fée qui parla la première : « Que fais-tu ici ?

Quincy aurait pu lui poser la même question, mais il a répondu : « Je suis ici pour abattre cet arbre. »

« Pourquoi voudrais-tu faire ça ? » demanda la fée.

« Pour prouver que je suis un homme », répondit Quincy.

« C'est une raison stupide », fit remarquer la fée.

« Tu es quelqu'un qui parle. Tu n'es rien, juste une petite fée idiote. Tu n'es probablement même pas réelle », se moqua Quincy.

« Je suis trop réelle ! » hurla la fée, « et pour te le prouver, je vais exaucer un vœu. »

« Un vœu ? Peux-tu le faire ? » demanda Quincy.

« Bien sûr ! Tout ce qui est magique peut exaucer un vœu », expliqua la fée.

« Pourquoi un seul ? » demanda Quincy

« Il n'y a assez de pouvoir magique dans cette fleur que pour un seul vœu. Une fois qu'il aura été exaucé, il faudra la planter ailleurs », ajouta la fée.

« Alors c'est la fleur qui a le pouvoir ? » demanda Quincy.

« Pas exactement… nous sommes les mêmes, la fleur et moi. La fleur tire son pouvoir de moi et moi d'elle. En exauçant un vœu, une partie de ce pouvoir disparaît, perdue quelque part dans le sol. Je vais donc devoir déménager et trouver un nouvel endroit pour la planter », a partagé la fée.

« Si tu dois le déplacer, pourquoi m'accorder un vœu en premier lieu ? »

La fée eut un léger sourire narquois, bien trop subtil pour que Quincy le voie. Elle répondit : « Je pense qu'il est temps de passer à autre chose. Si des gens viennent ici pour couper des arbres sans raison, alors il est temps que je trouve un nouvel endroit où aller. »

« Très bien, faisons-le alors », annonça Quincy.

« Es-tu sûr de savoir ce que tu veux ? » demanda la fée.

« Sans aucun doute », a déclaré Quincy, « j'ai été victime de harcèlement toute ma vie et je suis prêt à souhaiter la seule chose qui mettra fin à tout cela. Je souhaite être plus grand et plus fort que n'importe quel homme, être suffisamment grand pour que les gens me respectent et me craignent. Si j'avais cela, alors peut-être que les gens me laisseraient enfin tranquille. »

Désolée d'apprendre ses malheurs, une partie de la fée voulait épargner à Quincy le vœu qu'il était sur le point de faire. Elle lui demanda : « Es-tu sûr que c'est ce que tu veux ? »

« Oui, j'en suis sûr, toute ma vie, on s'est moqué de moi et je veux que tout le monde me laisse tranquille », a déclaré Quincy.

Un éclair soudain jaillit de la fleur. Le temps que Quincy ajuste sa vue, la fée et la fleur avaient disparu. Curieux de voir s'il avait eu une hallucination, Quincy regarda autour de lui dans l'espoir de trouver quelque chose qui lui indiquerait que c'était réel. Malheureusement, tout semblait pareil. Agacé et déçu par le résultat, Quincy décida qu'il était temps de retourner au camp.

Il était midi quand Quincy revint. Tout le monde était déjà parti dans les bois. Plutôt que de bouder, Quincy décida qu'il valait mieux qu'il retourne à ses tâches. Dans le réfectoire se trouvaient le balai, la serpillère et le seau. Une chose étrange se produisit quand Quincy alla les récupérer : il ne pouvait pas passer par la porte. Quincy essaya un autre angle pour voir si cela lui permettrait d'entrer, mais ce fut en vain.

Déconcerté, Quincy fit de son mieux pour comprendre ce qui se passait. Il se rappela alors son souhait et pensa : « Est-ce possible ? Mon souhait s'est-il réalisé ? » Il devait se regarder dans un miroir. Il courut vers la salle de bain, mais ne put y entrer.

Une fois au camp, il commença à faire les cent pas, réfléchissant à son prochain geste. « Mon lit, murmura-t-il, je sais quelle est sa taille, si je m'allonge dessus, je le saurai. »

Il se précipita vers sa tente, mais alors qu'il tentait de déboutonner les rabats, Quincy remarqua ses doigts. D'une certaine manière, ils étaient différents. Maintenant, ils sont poilus ! Tandis qu'il démantelait les boutons entre ses doigts, Quincy entendit quelqu'un revenir vers le camp. Il se précipita pour voir qui c'était.

Bientôt, la personne apparut, c'était le contremaître ! Quincy se rappela qu'il revenait souvent au campement une fois qu'il avait mis les autres bûcherons à l'abri. Parmi la centaine de personnes nichées dans ce campement, c'était le contremaître que Quincy avait espéré voir.

Il courut vers lui, persuadé que le contremaître confirmerait ses soupçons, peut-être en l'installant dans l'un des arbres avec le reste de l'équipe. Une fois que Quincy eut dépassé le mess, le contremaître le repéra. Son visage devint terrifié. Quincy s'arrêta de courir, craignant que quelque chose de féroce ne le suive.

Lorsqu'il se retourna pour regarder derrière lui, le contremaître commença à s'éloigner pour ne pas alarmer Quincy. Après avoir examiné les environs, Quincy ne vit rien qui pourrait faire que le contremaître se fige de cette manière. Il se retourna vers lui et vit que le contremaître essayait de s'éloigner.

Quincy fit un pas en avant et le contremaître hurla : « Arrêtez ! N'approchez pas plus près. Je vous préviens ! »

Quincy pensait qu'il plaisantait. Alors qu'il continuait à marcher vers lui, le contremaître se pencha et ramassa une branche tombée et la tint comme s'il s'agissait d'une hache. S'il y avait une chose que le contremaître savait faire, c'était manier une hache. Quincy s'arrêta.

Il décida qu'il valait mieux parler au contremaître. Il commença : « Greeaguaguea. » « Qu'est-ce que c'était ? » pensa-t-il.

Il essaya encore une fois : « Buaaawguaagh. »

Des bêtises ? Quincy disait des bêtises. Frustré, Quincy rugit. Sa voix retentit à travers la chaîne de montagnes, alarmant les autres bûcherons. Craignant le pire, ils descendirent de leurs perchoirs et se précipitèrent vers le camp.

Tandis que Quincy continuait à crier dans sa langue nouvellement formée, le contremaître s'accroupit en boule, se bouchant les oreilles pour se protéger du bruit tonitruant qui résonnait dans la gorge de Quincy. Au moment où il eut fini d'exprimer sa frustration, l'équipe était arrivée et s'était ensuite effondrée sur le sol de la forêt, incrédule devant ce qu'elle avait vu.

Certains membres de l'équipage reculèrent, implorant Dieu, espérant qu'il les épargnerait de cette terrible bête. En examinant leur réaction, Quincy comprit que la magie de la fée avait fonctionné. Il raconta le vœu qu'il avait fait et se rappela qu'il avait souhaité être plus grand et plus fort que n'importe quel homme. Il reprit ses pensées, cherchant tout autre aspect du vœu qu'il aurait pu manquer. Il se rappela alors avoir souhaité être respecté et…

Il lui fallut un moment, mais Quincy comprit qu'il souhaitait que tout le monde ait peur de lui. Il regarda le groupe d'hommes recroquevillés devant lui et comprit comment cette dernière partie de son souhait l'avait transformé en ce qu'il était devenu.

« Qu'est-ce qu'elle m'a fait ? », a-t-il demandé.

Quoi, en effet ? Sans savoir quelles seraient les conséquences de son souhait, Quincy grandit d'un coup, dominant tout le monde dans le camp. Sans mètre ruban, personne ne pouvait savoir avec certitude quelle était la taille de Quincy. Il semblait mesurer plus de deux mètres vingt. Son visage et son corps étaient désormais couverts de poils. Au lieu de pouvoir s'expliquer, tout ce que ses collègues entendaient, c'étaient ses rugissements assourdissants.

Le bruit qui sortait de sa bouche leur tordait l'estomac et fragilisait leurs genoux. Bientôt, l'un des hommes prit la parole et dit : « Hommes, que faisons-nous ? Pourquoi restons-nous ici avec nos haches comme des petits enfants ? Restons debout comme des hommes et abattons cette bête ! »

Une autre voix cria : « Il a raison, nous sommes cent et il n'y en a qu'un ! Pourquoi devrions-nous avoir peur ? Tuons-le avant qu'il ne nous tue ! »

Aucune voix ne s'opposa à ces suggestions. Le groupe de bûcherons se leva d'un bond et applaudit à l'unisson. Abasourdi par cette révélation soudaine, Quincy savait qu'il ne lui restait qu'une seule option, alors il courut. Il courut aussi vite que ses jambes le lui permettaient.

Il était remarquablement agile pour sa nouvelle taille. Son corps le portait plus loin et plus haut que n'importe quel bûcheron n'était prêt à aller. Une fois hors de vue, il s'arrêta et reconnut où il se trouvait. En dessous de lui se trouvait l'arbre qu'il avait tenté d'abattre plus tôt ce matin-là. Il retourna vers la prairie où il avait vu la fleur pour la première fois.

Une fois sur place, Quincy admit à contrecœur que la fleur avait déjà changé de direction. Au lieu d'abandonner, il se dirigea vers la prairie, espérant que la fée le taquinait, lui donnant peut-être une leçon. Lorsque la prairie apparut, il n'y avait pas un seul signe de la fleur.

Quincy tomba au sol et pleura de douleur. Sa courte existence sur terre avait été jalonnée de toutes sortes de taquineries et de tourments, et maintenant ça ! De toute sa vie, il n'avait jamais imaginé faire quelque chose d'aussi stupide. Il s'allongea à côté de l'endroit où se trouvait autrefois la fleur, levant les yeux vers le ciel. Sous le soleil de midi, Quincy réfléchit à ses choix. Il se demanda pourquoi il avait quitté sa maison. Quincy tourna ses pensées vers ces choses qui lui manqueraient. Son agitation devint si forte que tout son corps trembla sous lui. Alors que son corps reposait là où il était, Quincy pleura sa vie perdue. Il se cacha en regardant le soleil traverser le ciel.

Une fois la nuit tombée, Quincy sentit les gouttes de pluie lui frapper le front. N'ayant nulle part où aller, il décida que son meilleur abri était l'arbre qu'il avait tenté d'abattre plus tôt dans la journée. Il resta là, sous ses branches tendues, et sombra dans un profond sommeil.

Le lendemain matin, alors que le soleil levant lui tapait dans le dos, Quincy se réveilla et découvrit un étang à la place de la prairie. Le dernier jour passa si vite que Quincy ne se rendit pas compte qu'il avait ignoré les appels de son corps à la nourriture et à l'eau. La vue de l'étang lui rappela à quel point il avait soif.

Alors qu'il s'agenouillait près du bord, Quincy enfouit son visage dans l'eau de la montagne. Après avoir englouti autant d'eau que son corps pouvait en supporter, Quincy resta assis là, posant ses mains sur ses genoux, essayant de comprendre ce qui allait suivre.

Une fois les ondulations calmées dans l'étang, Quincy vit ce que la fée lui avait fait. Il tomba de honte hors de l'eau. Jusqu'à ce moment-là, il n'avait jamais imaginé à quel point son visage était défiguré.

Il savait qu'il n'y avait aucun moyen pour lui de retourner dans le monde des hommes. Une fois découvert, il serait soit traqué, soit étudié. Malheureusement, sa meilleure solution était de rester caché, dans les arbres.

C'est alors qu'une pensée lui vint à l'esprit : « La fée. Elle a fait ça, elle peut tout annuler ! Elle n'a jamais dit que je n'avais qu'un seul souhait à faire. »

Un sentiment de détermination s'est insinué en lui. Si quelqu'un pouvait réparer ce qui avait été fait, c'était bien elle. Quincy est désormais convaincu que la fée pourrait le sauver.

Guidé par sa détermination, Quincy se lance à la recherche de la fleur d'or. Trouver une fleur dans un monde aussi vaste que le nôtre n'est pas une tâche facile. Certains ont vu Quincy errer ici et là. D'autres sont convaincus qu'il s'agit d'un mythe. Pourtant, à ce jour, Quincy cherche toujours à défaire ce qui a été fait.

Michael J. Egbert a commencé sa carrière d'écrivain en élaborant des stratégies de marketing et de communication pour les petites entreprises. Son amour pour l'écriture a commencé à son alma mater, l'Utah Tech University, où il a étudié la communication humaine. Michael a poursuivi ses études en s'inscrivant à un programme de maîtrise à l'Université de Californie du Sud Annenberg, School of Communication and Journalism.

Michael est marié à Delight, sa petite amie d'université. Ensemble, ils résident à Las Vegas, dans le Nevada, avec leurs trois enfants.

www.ingramcontent.com/pod-product-compliance
Lightning Source LLC
Chambersburg PA
CBHW040930110726
48006CB00001B/134